LA CONFÉDÉRATION,

POÉME EN CINQ CHANTS,

Trouvé dans le porte-feuille du philosophe
de Sans - Soucy, et publié par un de ses
aumôniers. C. D. M. D. P. et de plusieurs
académies.

Je veux bâtir une belle chimère;
Cela m'amuse et remplit mon loisir.
ORGANT, ch. iii.

A HALL.

M. DCC. LXXXIX.

*Contrefaçon de la
Guerre des confédérés
de Frédéric, publiée
sous l'anonyme de Brunswick*

PRÉFACE DE L'ÉDITEUR.

PLUTARQUE nous a montré, dit-on, les grands hommes *en robe de chambre* ; nous avons vu depuis le grand Frédéric *dans ses vieilles bottes* régler la destinée d'une grande partie de l'Europe.

Brillant d'une gloire toute nouvelle pour un souverain, il mit à profit les leçons des grands hommes qu'il sut attirer à sa cour : aussi étonnant par la multiplicité des ressources qu'il trouva dans son génie, que l'illustre écrivain dont il était le disciple et l'ami, le fut par l'universalité de ses connaissances, de la même main dont il porta l'épée qui lui valut un royaume double de celui qu'il avait reçu de son père, il écrivit ses exploits, et donna des leçons à son siècle.

Tout le monde a sous les yeux ce qui a été trouvé dans son porte-feuille ; c'est d'après

ses ouvrages qu'il faut l'apprécier, et lui assi-
gner la place qu'il mérite comme écrivain
et comme philosophe ; celle qu'il occupe à
jamais comme général, est marquée depuis
long-temps, et personne jusqu'ici n'a osé la
lui contester.

Naturellement porté à la raillerie, une
satyre, quelle qu'elle fût, même dirigée
contre lui, avait l'air de l'amuser. Il ne fit
que rire de la querelle de Voltaire avec Mau-
pertuis ; et si la diatribe du docteur Acakia
alluma sa bile, c'est moins parce que le
chantre de la belle Jeanne avait jetté du ridicule sur le président de l'académie de Berlin, que parce qu'il manqua de parole à son
royal ami : Frédéric avait lu cette satyre ; il
l'avait trouvée bonne, le jour même qu'il
exigea qu'elle ne fût jamais imprimée.

Le roi de Prusse était persuadé que du
conflit des opinions naît la lumière ; il savait
qu'on s'instruit plus solidement par la discus-

sion ; aussi rechercha-t-il toujours avec avidité les ouvrages polémiques. Plus d'une fois on le vit encourager les réfugiés français qui avaient du talent pour la satyre , et relever avec eux les fautes échappées aux académiciens de l'école de Berlin.

Un Français que la sévérité des loix avait forcé de fuir sa patrie , et auquel ce prince (à la recommandation de M. Voltaire) avait ouvert un asyle à sa cour et dans son armée , m'a répété plus d'une fois, qu'ayant l'honneur de converſer avec lui à Poſtdam ou à Sans-Soucy, ce prince rompait souvent la conversation , toujours pour lui demander s'il était vrai que le vieillard de Ferney eût peur des diables et des revenans. Il voulait avoir un reproche à faire à un homme qui lui paraissait ſi grand sous tant de rapports ; & lui qui, comme César , pouvait être un poëte distingué, un bon historien, s'il n'eût mieux aimé être le premier capitaine de son siècle, était flatté de pouvoir se dire à lui-même :

J'ai une faiblesse de moins que mon ami.

Quelques-uns de ses détracteurs ont avancé que sa grande ame était accessible à la jalousie : et de qui ce héros eut-il été jaloux ? Il créa sa nation , il acheva de discipliner une armée qui fut long-temps la plus heureuse de l'Europe ; avec peu de moyens il fit des choses étonnantes : lui-même forma les généraux qu'il associa depuis à sa gloire et à ses triomphes. C'est à son école que le prince Henri, dont nous avons tant aimé et admiré la modestie et la douceur , devint le premier capitaine de l'Allemagne. Frédéric ne fut point jaloux du mérite de son frère ; c'était à sa valeur , à sa prudence et à son intrépidité, qu'il devait ses plus brillans succès. Aussi en s'accusant lui-même au milieu d'un grouppe de ses généraux couverts de blessures et de lauriers : J'ai fait des fautes., leur disait-il , vous en avez fait auss , mais le prince Henri n'en a aucune à se reprocher. Est-ce être jaloux d'un homme, que de se placer en un seul mot au-dessous de lui ?

Le poëme que nous offrons au public est certainement sorti de la plume du roi de Prusse. La copie que j'ai entre les mains vient de M. de Voltaire : on y retrouvera l'esprit et le caractère de son illustre ami. On ne le jugera pas trop sévérement, si l'on veut se rappeller que c'est l'ouvrage d'un roi, & d'un roi qui a vécu dans la plus grande intimité avec le père de la Pucelle. Frédéric trouvait quelque mérite à ce poëme, puisqu'il fit graver, par le célèbre Schmidt de Berlin, les estampes et les vignettes dont il voulait le décorer. On les vendait publiquement en Allemagne.

Tout ce qui vient d'un aussi grand prince doit intéresser ; voilà mon excuse auprès des personnes qui demanderont pourquoi j'ai mis au jour un ouvrage que son auteur semble avoir condamné lui-même à l'oubli. On m'a assuré qu'il en avait fait imprimer douze exemplaires, qu'il en brûla six, & qu'il fit présent du reste. Le prince Henri, dit-on, en a un, mais il ne l'a confié à personne ; j'ai vu en 1786, à Léipsick, un amateur d'estampes, travaillant au catalogue de Schmidt, rechercher avec empressement une copie de ce poëme, pour expliquer ces mêmes vignettes dont je viens de parler.

MA CONFESSION,

Pour servir d'instruction à la postérité.

Mon père était un Vandale qui n'eut jamais d'autre loi que sa volonté, et qui ne connut d'autre Dieu que l'argent : delà il est aisé de conclure que mon éducation fut bien extraordinaire.

Né pour la guerre, avide de toute espèce de gloire, celle des combats ne suffit point à mon ame, qui soupira de bonne heure après la célébrité. L'amour des beaux arts et de la littérature m'échauffa encore l'imagination ; c'est sans doute pour me donner le temps de les étudier, que mon père m'enferma dans un château fort : là j'eus le loisir de me livrer à mes réflexions, et de former un plan de vie philosophique pour l'avenir.

Je sortis de ma prison par l'entremise de l'empereur Charles VI ; quelques personnes bien instruites m'ont assuré depuis, que je lui dus la vie, car mon père était homme à imiter le czar Pierre ; c'est aussi pour reconnaître ce service important que je commençai ma carrière royale par enlever la Silésie à sa fille Marie-Thérèse.

Les premiers ouvrages que j'avais lus étaient ceux de Machiavel ; je voulais montrer à mes gouverneurs que je savais mettre à profit et mes lectures et leurs leçons.

Pour me venger des prétentions du comte de Brhul, ministre de l'électeur de Saxe, roi de Pologne, j'ai saccagé ses états héréditaires ; pour faire oublier les ravages commis dans le palatinat par le plus humain des généraux de Louis XIV, j'ai pillé le palais électoral de Dresde, et mes officiers n'ont pas même respecté la chambre de l'électrice. Comme un autre Attila, quoiqu'ami et protecteur des lettres, j'ai brûlé ou détruit plusieurs palais, sur-tout ceux qui appartenaient au ministre insolent, qui ne m'appelait que le marquis de Brandebourg, et mes soldats ont tiré au blanc dans les chefs-d'œuvre des trois écoles.

J'ai mis à contribution toute la Saxe, spécialement la ville de Léipsick ; j'en ai tiré d'abord quelques millions d'écus, en donnant ma parole royale que je ne demanderais jamais rien. Il faisait chaud quand je traitai ainsi avec ces bons bourgeois ; mais quand l'hiver fut venu, mes soldats eurent froid ; il leur fallut des habits

neufs : j'envoyai mon ami le vieux prince de
Dessaw leur demander à l'amiable une nouvelle
contribution. La proposition ne leur parut point
agréable ; mais comme j'étais le plus fort, les
choses se passèrent doucement et poliment. On
visita leurs caisses ; on leur fit tirer des lettres
de change sur leurs correspondans de France et
de Hollande ; on emprisonna les tireurs (car il
était à craindre que mon exemple n'en eût fait
des Machiavelistes) ; on en garda quelques-uns
à vue jusqu'à ce que leurs traites fussent acquit-
tées. Je ne connais pas de moyen plus efficace
pour assurer un paiement.

Le produit de toutes ces contributions ne suf-
fisant pas pour l'entretien de mon armée, j'ai
dédoublé la monnoie du pauvre Auguste ; avec
une pièce j'en ai fait deux, quelquefois trois :
c'est une opération de finance assez sûre, et un
joueur qui ne s'amuserait qu'à cette partie, ne
craint point les accaparemens des agioteurs. Si
depuis il a fallu que j'apprisse aux sujets de ma
cousine l'impératrice de Russie à faire des du-
cats, c'est un service que je leur ai rendu ; ils
ne savaient pas leur métier. Tout est pour le
mieux dans ce bas monde ; c'est toujours après
avoir lu un chapitre du grand philosophe Pan-

gloss, que j'ai donné une leçon à mon siècle.

Les plaisans ne pensent jamais à la journée de Molwitz, sans avoir envie de rire à mes dépens. C'était la première fois que j'entendais autant de tapage ; la course que je fis réellement dans cette fameuse journée me mit tellement hors d'haleine, que je ne m'exposai plus par la suite à gagner une fluxion de poitrine.

Quelques médisans ont dit que j'avais été fait prisonnier en Bohême..... avec de l'argent on se tire de tout.... Aussi je ne suis point étonné que mon frère Philippe de Macédoine ait dit, il y a déjà bien long-temps, qu'une ville n'était jamais imprenable, quand on pouvait y faire entrer un mulet chargé d'or : cela nous prouve que les siècles sont à-peu-près les mêmes, et que les hommes ne changent point (*).

(*) Pendant mon séjour à Léipsick, où tout le monde savait que je m'occupais à recueillir les différentes anecdotes du règne de Frédéric - le - Grand, je reçus par la poste la notice que je donne ici sans y avoir changé un seul mot. C'est à mes lecteurs de juger du degré de confiance qu'elle mérite ; je n'en garantis point l'authenticité.

L'an 1745, l'empereur Joseph de Lorraine, uni au roi de Pologne, électeur de Saxe, faisait la guerre au roi de Prusse Frédéric II. Le théâtre de cette sanglante expédition, qui devait coûter tant de larmes et tant d'argent à une grande

Je ne veux point faire ici l'apologie de ma morale, celle des rois ne peut pas être celle des autres hommes, je l'ai bien prouvé ; et quoi-

partie de l'Allemagne, était en Silésie et en Bohême. Le 5 juin, Frédéric battit ses ennemis à Strigaw en Silésie, leur tua beaucoup de monde, et en prit bien davantage. Huit jours après, comme il voulait pénétrer dans la Bohême, les alliés surent par un déserteur (hussard) qu'il devait passer la nuit dans un château situé sur la frontière, appartenant au comte de Schastgoutsch. Le général Sibilitzchi, à la tête d'une brigade de houllans, profitant de l'obscurité de la nuit, marcha droit au château, trompa la garde avancée qui prit sa troupe pour un détachement prussien qui faisait la ronde, trouva le roi Frédéric dormant tranquillement, et le fit prisonnier.

Il en donna sur le champ avis au prince Charles de Lorraine et au prince de Weissenfelds, qui se rendirent sur le champ au château, saluèrent leur illustre captif, passèrent quatre heures avec lui, et convinrent de le laisser échapper moyennant quatre millions d'écus qu'il devait leur faire compter à Léipsick à la foire de *Jubilate* 1746, par le prince d'Anhalt-Dessaw.

Le marché conclu, les princes se retirèrent chacun dans leur camp, et firent courir le bruit qu'on avait surpris un valet-de-chambre du roi de Prusse, qui était venu préparer un appartement pour son maître, qui avait intention de venir passer quelques jours dans ce château. Le général Sibilitzchi ne fut pas dupe de ce conte : il a répété depuis ce qu'il

qu'en dise le bon Jean-Jacques, il ne faut pas toujours consulter le genre humain quand on veut lui être utile. De même qu'il faut tromper les hommes pour leur bien, de même il faut être indifférent sur le choix des moyens qui peuvent le conduire au bonheur.

avait dit le jour même à sa brigade de houllans : *Mes enfans, nous sommes trahis, patience jusqu'à la fin.*

Six mois après, le 13 décembre, Frédéric gagna la bataille de Kesseldorf, qui lui ouvrit les portes de Dresde, où il signa la paix le premier janvier 1746. Toute la Saxe fut évacuée ; les Prussiens rentrèrent dans leur pays. Le prince Charles à peine arrivé à Vienne fut renvoyé dans les Pays-Bas par son frère, qui ne s'expliqua sur rien : il en fut de même du prince de Weissenfelds, que le roi de Pologne, à son arrivée de Varsovie à Dresde, renvoya dans ses terres. Il en sortit pour venir à Léipsick au temps de la foire. Il y fut très-bien accueilli par le vieux prince de Dessaw, qui lui donna un grand souper, à l'issue duquel il paraît qu'il mourut empoisonné, au grand étonnement de toute la cour électorale, qui pour lors se trouvait à Léipsick. Le roi, sans rien dire à ses courtisans, fit prendre possession de toutes les terres de ce seigneur. Le prince Charles n'apprit sa mort que quelque temps après. Voyant qu'il ne répondait pas à la lettre par laquelle il lui demandait sa part des quatre millions, il en écrivit au roi de Prusse, qui lui répondit laconiquement, qu'il avait acquitté sa dette en soldant le prince de Weissenfelds.

Les gens mal intentionnés (il n'en manque
point dans ce siècle) me reprocheront l'espèce
de mépris que j'ai toujours eu pour les femmes.
Je passe condamnation sur ce chapitre ; et quoique j'aie toujours fait profession d'une grande
franchise, je ne veux point motiver ici ma froi-
deur, encore moins travailler à ma justification ;
je ne dirai qu'un mot à l'oreille de mes frères
les souverains des quatre parties du monde :
c'est que jamais les femmes n'ont trahi le secret
de mon cabinet.

Mes ambassadeurs et mes ministres n'ont
jamais été que d'honnêtes commis, de même
que mes soldats étaient des automates avec les-
quels je jouais aux échecs, et qui suivaient
l'impulsion que je leur donnais. Où en serions-
nous, nous autres souverains, si nos soldats pensaient et raisonnaient.....

Je ne parlerai point ici des Français ; je l'ai
dit bien des fois : le plus beau rêve que puisse
faire un prince, c'est de rêver qu'il est roi de
France. Aussi je conviens de bonne foi que c'est
aux Français, que c'est aux fautes qu'ils ont
faites, que je dois le plus beau fleuron de ma
couronne. Il faut bien que ce peuple ait une
supériorité réelle sur les autres, puisque mes

Allemands ne m'ont jamais pardonné l'accueil que j'ai fait à tant de braves soldats de cette nation, à tant de grands hommes dans tous les genres, que j'ai employés à les décrasser. Ma qualité d'historien véridique me force à répéter encore ici que, sans la révocation de l'édit de Nantes, tout le nord de l'Europe serait encore aujourd'hui dans les ténèbres.

Les Allemands ne m'ont point pardonné non plus la préférence que j'ai donnée à la langue française sur la leur, et la fondation d'une académie pour la faire fleurir dans mes états. Il y a bien d'autres choses qu'ils ne m'ont point encore pardonnées; j'en dis bien sincérément *confiteor*.

LA

LA GUERRE

DE LA CONFÉDÉRATION,

POËME.

ARGUMENT.

Je vais chanter les exploits des guerriers
Que la Pologne au sein du trouble admire ;
Ces grands héros dans ce temps de délire,
Sans distinguer les chardons des lauriers,
Souvent par choix recueillaient les premiers ;
Ce n'étaient pas des Hectors, des Achilles,
Enfans bâtards des discordes civiles,
Fiers et hautains, entiers dans leurs débats,
Ils n'étaient point à vaincre difficiles,
Et préféraient le pillage aux combats.
　　Le trouble affreux de la guerre intestine
De la Pologne annonçait la ruine ;
Les palatins, destructeurs de la paix,
Ivres d'orgueil, et que l'erreur fascine,
Esprits brouillons, agissaient sans projets.

A

Oh ! que tout peuple éclairé par ces faits,
Apprenne au moins, en lisant ces fadaises,
A détester les farces polona⋅ ⋅⋅,
Et la discorde, auteur de tant d'excès.

CHANT PREMIER.

Viens m'inspirer, ô féconde folie !
Fais retentir ta marotte à grelots ;
C'est par tes soins que des fous et des sots
La balourdise et l'histoire embellie,
Peut quelquefois nous fournir de bons mots.

Raconte-moi, pour dilater ma rate,
Comment tu pus dans l'empire Sarmate,
Bouleverser les cerveaux des magnats.

On dit (et c'est, je crois, par médisance)
Que la besogne était faite d'avance ;
Que sans trouver de trop grands embarras,
Dans un terrain si propre à la semence,
Tout produisit, et qu'alors tu semas.

Or, écoutez, mon illustre auditoire,
Voici comment le trouble commença :
Auguste trois allait dans la nuit noire (1),
Roi très-fameux, qui jamais ne pensa,
Pour y trouver sa chère Tysiphone,
Épouse dont il était obsédé,
Minois charmant, calqué sur la Gorgone,
Qui dans l'enfer déjà l'a précédé.

Fallut remplir dignement cette place.

A 2

Les Polonais voulaient avoir un roi ;
Des Jagellons éteinte était la race :
Il fallut donc s'occuper cette fois
D'en choisir un tiré d'une autre classe.

Le Polonais, toujours intéressé,
En voulait un qui fût panier percé,
Et qui parût, à ses desirs avides,
Le vrai tonneau tourment des Danaïdes.

Tout juste alors on apprit un matin,
Par le corneur qui suit la Renommée,
Son écuyer le courier du Bas-Rhin,
Que la Sottise (*) inquiète, alarmée
De n'avoir pu visiter de long-temps
Les habitans que le grand Turc enchaîne,
Et le Polaque, enfant de son domaine,
Fendant les airs sur les ailes des vents,
S'en vint planer sur ces lieux florissans.

Avec plaisir elle vit la Pologne,
La même encor qu'à la création,
Brute, stupide et sans instruction,
Staroste, juif, serf, palatin ivrogne ;

(*) C'est un fait que l'auteur avance un peu légérement.
J'avoue que je n'ai jamais eu le bonheur de voir la Sottise en
personne, mais un grand nombre de ceux qu'elle inspire.
(Note de l'auteur.)

Je reconnais mon peuple à son esprit,
S'écria-t-elle ! et sitôt le bénit.
Puis secouant vivement sa simare,
Il s'en répand sur cette espèce ignare
Un gros brouillard tout chargé de vapeurs,
Rempli d'épais et de grossiers atômes,
Qui les touchant, de délire et d'erreurs
Leur transmettaient les violens symptômes.

   Jadis ainsi de la tour de Babel
Les fiers maçons, parlant toutes les langues,
N'entendent plus le jargon paternel.
Tout de travers expliquant leurs harangues,
L'un disait blanc, quand l'autre disait noir ;
L'un veut manger, on lui présente à boire ;
Ils semblaient fous ou privés de mémoire,
Se chamaillant du matin jusqu'au soir.
Voilà comment les Polonais parurent
A la diète où leurs clameurs élurent
Un autre roi ; mais comment s'y prit-on ?
Tout député nommait un autre nom ;
L'un voulait Paul, l'autre Jean, l'autre Pierre.
Enfin, le trouble et la confusion
Auraient bientôt mis la Pologne entière
Dans le désordre et la subversion,
Si vers le nord leur illustre voisine
N'eût par bonté prévenu leur ruine,

Et la Vistule, avec plaisir alors,
Vit arriver sur ses célèbres bords
Des preux Russiens une illustre ambassade,
Pour leur donner et bal et sérénade.

O Polonais ! pourquoi chez l'étranger
Choisirez-vous un roi pour vous juger ?
Et pourquoi donc un staroste, un Sarmate
Ne pourra-t-il se couvrir d'écarlate,
Porter le sceptre, et sur le trône assi,
Justifier que vous l'avez choisi,
Dit en son nom Repnin à l'assemblée ?

Rien ne toucha cette race aveuglée ;
Il fallut donc expliquer l'oraison
A tous ces sourds porteurs de deux oreilles :
On se servit pour truchement, dit-on,
Des avocats des rois, ... du gros canon.
Il tire à peine, ô prodige ! ô merveilles !
On voit d'abord tous ces palatins qui,
Tous d'une voix, nomment Poniatowsky.
Voilà le roi que l'illustre Cathrine
Leur annonça par une couleuvrine :
On croyait donc que tout était fini,
Que le royaume en ce choix réuni,
Allait goûter heureux et sans querelle,
Dans la débauche une paix éternelle.

Mais que l'esprit des hommes est léger !

Un seul moment peut changer leurs pensées ;
Du vieux démon qui veille dans l'enfer
Vous connaissez les ruses compassées.
Toujours actif, plein de desseins pervers,
Il entrevoit qu'en ce moment prospère,
Propre à troubler le cerveau du vulgaire,
Il peut jouer un rôle en l'univers.

   Tout vieux démon est l'intime des prêtres (2) ;
Il sait qu'ils sont charlatans, fourbes, traîtres,
Et quoiqu'en chaire ils nomment Belzébut
Avec horreur, au fond leur ame crasse
De noirs péchés se souille avec audace ;
Et que font-ils pour gagner le salut ?
D'affreux complots ou d'infames intrigues ;
L'intérêt vil est l'ame de leurs ligues.
Tous ces frappards bouillant d'amour, en rut,
Sont du démon la nombreuse famille ;
Et quand ils ont bien rempli leur métier,
Et que la mort va vous les envoyer,
Dans les enfers le bon papa les grille.

   Or, écoutez comment notre ennemi
Adroitement sut troubler la diète.
Il va d'abord se mettre à sa toilette,
Se travestit, prend l'air humble et soumis
D'un saint Antoine ou d'un Anachorète ;
Sur sa poitrine il a les bras croisés,

A 4

Le cou penché, les gestes composés.
En le voyant qui n'aurait pris le change ?
Il paraissait un chérubin, un ange,
Un saint Xavier, un saint Malagrida (3),
Si qu'à le voir, on dirait le voilà.

Tel parut-il jouant la comédie
(Mais qui devint fatale tragédie)
Devant les yeux de ce fameux prélat,
De ce seigneur pontife à Kiovie,
Esprit brouillon, vain zélateur et fat (4).
Le diable avait l'habit de saint Ignace ;
Il aborda doucement monseigneur,
Et celui-ci le regardant en face
Crut que c'était son ancien confesseur,
Et tendrement des deux bras nous l'embrasse.

Quelle douleur, ô ciel ! pour un chrétien,
Dit le démon sur un ton emphatique ;
Pour un Polaque et zélé citoyen,
Qu'à notre barbe un Russe schismatique
Nous donne un roi de sa main despostique.

Au mot de schisme, on eût vu le prélat
Tout courroucé, le visage incarnat,
Les yeux en feu, transporté, frénétique,
En s'essoufflant maudire le sénat,
Et les Russiens et l'auguste assemblée
D'élections ; son ame était troublée.

Des mots confus et mal articulés
Avec effort s'échappent de sa bouche.
O Polonais ! palatins aveuglés !
Suis-je le seul que votre malheur touche ?
Poniatowski, non, tu n'es plus mon roi,
Rends-moi, rends-moi mes sermens et ma foi.

Mais le malin, mais le faux jésuite,
Reprend : seigneur, braire ne suffit pas,
Pour renverser un trône et des états ;
Il faut au chef une nombreuse suite.

Tout servira, dit le prélat en feu ;
Vois-tu, ma cause est la cause de Dieu.
Ne suis-je pas le pontife et le maître
De l'encloîtré, du chanoine et du prêtre (5) ?
Rassemblons-les ; ces organes sacrés
Inspireront les peuples égarés.

Tout aussi-tôt le diable plein de zèle
Va traverser paroisses et couvens,
Et recueillit ainsi dans peu de temps
Des fronts tondus la nombreuse sequelle,
Et les voilà bien rangés de bon cœur
Dans le sallon qu'occupe leur seigneur.

Mes chers enfans, vrais suppôts de l'église,
(Dit le prélat de l'air d'un inspiré
A tout ce peuple au crâne tonsuré),
Voici le temps qu'il faut que la prêtrise

Venge un affront dont Dieu se scandalise.
Un schismatique, un malheureux Russien,
Nous fait un roi, d'un staroste, de rien,
Qui demi-Grec dans le fond de son ame,
Nous souillera par sa créance infame.
Songez, songez aux lévites fameux
Qui bravement égorgèrent leurs frères (6);
Récompensés par le Dieu de nos pères,
Il les chargea de son culte pompeux.
Faites autant, et méritez comme eux
De vos travaux la digne récompense;
Vous servirez le ciel dans sa vengeance,
Purifiant ici bas sa maison..
Ah! frémissez quand on nomme le schime,
Car l'hérésie est autant qu'athéisme:
Venez, prenez, suivez mon goupillon,
Ce signal est notre palladium,
Notre étendard ou bien notre oriflâme,
Qui le verra doit sentir dans son âme,
Par la vertu de l'inspiration
Se captivant, que l'église a raison.
Prêtres, Jésus vous a mis dans sa place
En répandant sur vous le sacré don,
De gouverner à gré la populace.
De votre main part l'absolution:
Vous punissez ou vous lui faites grace (7);

Puisque leurs cœurs sont dans votre pouvoir,
C'est donc à vous à régler leur devoir ;
Qu'incessamment votre voix les irrite,
C'est le métier des vrais docteurs chrétiens.
Contre le Russe et ce roi parasite,
Que malgré nous nous donnent nos voisins.

Après ces mots, des tonsurés la foule
En se heurtant par la porte s'écoule,
Va se nicher au confessional ;
Delà glisser en style monacal
L'affreux venin, infernal et caustique,
Que le prélat répand par ce fanal,
Pour soulever ce peuple pacifique.

Aucun des maux dont on souffrit, jamais
En peu de temps firent tant de progrès.
Si l'Orient plaint le fléau funeste
Du cours rapidé et cruel de la peste,
Et si la lèpre au bon temps des Hébreux
Gagnait du père au fils, à ses neveux,
Entamait tout, et portait ses ravages
Sur circoncis, catins et pucelages,
Le tout est peu, rien en comparaison
Du mal sacré que la contagion
Rendit commun prêchant cette doctrine,
Qui de l'état prépara la ruine.
On remarqua que ces porcs de Sion

S'applaudissant que la dévotion ,
Du peuple avait si bien tourné les têtes ,
A son honneur consacrèrent des fêtes (8).
   Et cependant riant d'un rire amer ,
Le vieux démon s'en retourne aux enfers.
   Et pour la cour qui s'amusait à table ,
Entre les bras de la Sécurité ,
Elle ignorait ce qu'avait fait le diable ,
Et sans souci s'enivrait de gaîté.

CHANT II.

Est-il séant de tromper un stupide
Qu'un insposteur à son gré selle et bride ?
Et quel honneur pour un chef de parti
D'aliéner, selon sa fantaisie,
Un peuple abject dans la crasse abruti,
Qui de penser n'eut garde de sa vie ?
Que j'aurais honte et que je rougirais,
Si le mensonge assurait mes progrès !
Si délicats, si bons, si charitables,
Ne sont jamais les prêtres ni les diables ;
Tous les moyens injustes sont égaux,
Pour contenter ces esprits infernaux.
De tous les temps c'est l'antique méthode,
L'église en fit son institut, son code,
Et tous les faits que mes vers chanteront,
Mon cher lecteur, vous en convaincqueront.

Ce long discours m'ennuie et m'incommode ;
Venons au fait, reprenons nos récits.

Le vieux démon, préparant sa récolte,
Avait si bien disposé les esprits,
Par les prélats et confesseurs aigris,
Que le tumulte annonçait la révolte.

Mais Catherine au fond de son palais
N'y préparait que des liens de paix ;
Son noble cœur rempli de bienfaisance
Aux Polonais prêchait la tolérance,
En leur disant soyez unis, contens,
Et tolérez vos frères dissidens.

A ce discours les prêtres en furie
Des cris d'horreur et de gémissemens
Font retentir les sombres hurlemens,
S'écriant tous : c'est fait de la patrie (9).
Mais le magnat, staroste, plébéien,
L'esprit ému de cette momerie,
Dont en effet ils ne comprennent rien,
Soudain remplis par un saint fanatisme,
Criaient comme eux, exterminons le schisme ;
Tout Polonais doit se confédérer,
Si du palais il ne veut s'égarer.

Tout aussi-tôt les seigneurs s'assemblèrent,
Et gravement entre eux délibérèrent.
Parmi ces chefs éclataient Krasinsky,
Malakowsky, le vaillant Potoky,
Qui jusqu'alors n'avaient vu de leur vie
(Quoique héros) camps, soldats ni combats.
Dans le conseil ayant l'ame engourdie,
Et détestant les horreurs du trépas,
Krasinsky dit : Dans ce danger extrême

Levons, armons, rassemblons nos housards,
Tout Polonais qui reçut le baptême
Doit tout armé se rendre au champ de Mars.
Lors Potoky, grand gourmand de nature,
Réplique ainsi : Messieurs, c'est fort bien dit ;
Mais où trouver l'argent, la nourriture,
Pour soudoyer tout cet essaim maudit ?
Mons Krasinsky lui rappelle l'usage
Très-ancien, aussi juste que sage :
Il faut piller ou bien vivre à crédit ;
C'était ainsi que jadis ce grand homme,
Sobieski, sut guerroyer, et comme (10)
Il délivra des mains de Soliman
Vienne réduite à son dernier moment.

Oui, de Kiow, leur répartit l'évêque,
Qui de sa vie n'eut de bibliothèque,
Mais en tableau la saint Barthelemi,
Bon reconfort contre un culte ennemi,
Et de saints os qu'à son col il expose.

Le Dieu puissant qui protège sa cause,
Ce Dieux jaloux, si terrible et si craint,
Rendra pour vous le sacrilège saint :
Volez, pillez, n'épargnez nulle chose,
Qui sert son Dieu n'est jamais criminel ;
Pour sûreté j'en donnerai d'avance,
Dans mon église, au pied du maître-autel,

De tous péchés plénière indulgence (11).

La foule dont ils étaient entourés
Éprise encor des vapeurs de l'ivresse,
Tant towargis que petite noblesse,
Aux mots pillez et de confédérés,
Poussait aux cieux des clameurs d'alégresse ;
Et tous enfin, sans trop savoir pourquoi,
Voulaient chasser et le Russe et leur roi.

Dans ce conflit où régnait le tumulte,
Les Palatins redoutaient quelque insulte :
Ils s'en vont tous pour conférer entre eux,
Choisir des chefs et des héros fameux,
Faits pour guider la race plébéienne,
Dont ils voulaient opprimer la russienne.
Mais de ces grands, si prompts à tout oser,
Aucun ne veut lui-même s'exposer (12).

Radzivil, dit un palatin, gouverne ;
Ce n'est pas nous que la guerre concerne.
Imitons Dieu, s'il punit les états,
Je vous envoie un ange subalterne,
D'un tour de main il met un peuple à bas ;
Et puisqu'il faut que l'on fasse la guerre,
Gardons-nous bien de risquer tant de maux,
Envoyons-y pacolets et vassaux ;
Ils lanceront pour nous notre tonnerre.
Choisissons donc quelque soudart hardi,

Et

Et qu'aussi-tôt au bruit de la trompette
On le proclame et le mette à la tête
Du vil ramas qu'assemble le parti.
Tenez, nommons Zaremba, Pulawski ;
De tels héros, quoiqu'inconnus encore,
Feront voler du couchant à l'aurore
Leurs noms chéris de tout vrai Polonais.

Tout d'une voix les magnats applaudirent,
Et les deux chefs, selon leurs vœux, élirent,
En se flattant des plus vastes progrès.

Mais le prélat qui règne à Kiovie,
Les yeux levés et l'ame au ciel ravie,
Répand sur toi, confédération !
D'un bras vainqueur, sa bénédiction ;
Et puis au haut d'une perche croisée,
Comme une voile à leurs yeux baptisée,
On voit flotter son sacré goupillon.

Les palatins d'abord se séparèrent,
Et leur foyer tous les grands désertèrent.
En Saxe, en France, en cent divers pays,
Tous ces seigneurs en peu s'éparpillèrent ;
Et sans avoir de plan fixe et précis,
On les voyait voyager par ennuis.

Mais cependant les chefs dans la Hongrie,
Tous rassemblés au château d'Épérie,
Font un conseil afin de diriger

B

Les bras de ceux qui doivent égorger
Le Russe altier, en invoquant Marie,
Et combattant, les servir, les venger.

Jà cependant l'oriflamme en Pologne
Fait rassembler tous les confédérés ;
Chacun s'agite, et vaque à sa besogne,
A bien piller ils se sont conjurés.

Le Pulawsky, ce preux chef de la troupe,
Croyait mener la république en croupe.
Le fat s'admire, et croit représenter
Tous les magnats de l'empire Sarmate ;
Il s'applaudit, sa vanité le flatte,
Sur un genêt le héros va monter ;
Mais il faut voir comme il va débuter.

Ah ! que l'homme est un animal peu sage,
Il ne prévoit que la prospérité,
Et dans le calme il ne craint point l'orage ;
En imprudent au péril il s'engage,
Mais d'un revers son courage effronté
Est quelquefois pour jamais rebuté.

Le Pulawsky portant son oriflâme,
Et Zaremba que le butin enflâme,
S'en vont tous deux brochant à travers bois,
Pour découvrir les protecteurs des rois.
Ils demandaient à tout manant qui passe :
Où sont-ils donc, ne les a-t-on point vus ?

Qui donc, messieurs; qui voulez-vous, de grace?
Ces ennemis à nos bras dévolus,
Et qui par nous bientôt seront vaincus.

En devisant bientôt ils arrivèrent
Dans un terrain plus riant, plus ouvert,
Mais de Drewitz les troupes s'y trouvèrent.

Quand un grand saint voit le diable d'enfer,
Tout en fuyant il s'en éloigne vîte,
En s'aspergeant d'un bon jet d'eau bénite,
En invoquant Marie ou Jupiter.

Nos deux héros pensaient alors de même;
L'œil égaré, la face pâle et blême,
Zaremba dit : Regarde nos soldats,
Bâtons ferrés font le fort de leurs armes,
Quelques fusils et de vieux coutelas.
Comment braver les combats, les alarmes?

Le Pulawsky répond : Il est certain
Que tout va mal; je crois que le destin,
Pour épargner le meurtre et le carnage,
Veut réserver notre bouillant courage,
Pour d'autant mieux combattre dès demain.

Le gros canon des Russes se décharge,
Les boulets vont ou bien ou mal mirés
Tout à travers de nos confédérés,
Qui de jurer et de gagner le large,
Qui de crier; et dans ce désarroi

B 2

Pensant revoir leur dernière diète,
Ils croient tous, dans ce premier effroi,
Que ce canon, dont le bruit inquiète,
Leur annonçait encor un nouveau roi.
Tout aussi-tôt l'impatient Cosaque
Fondant sur eux les presse et les attaque.
On ne prend pas si vîte qu'on le croit
Sur son coursier un Polonais qu'on traque ;
Il sait courir tout aussi bien qu'il boit.
Drewitz parut au towargis rustique
Tel que Cortez la terreur du Mexique.
Quelques chevaux, de la poudre et du plomb
Des deux héros étoient le spécifique.
Ah ! qu'il faut peu pour acquérir un nom.

　　L'ami lecteur se souviendra sans doute
Ce que du Parthe anciennement on dit.
Brave Crassus ! le Parthe te défit
En affectant de se mettre en déroute.
Des Polonais il n'était pas ainsi,
La vérité de ce fait, la voici :
Chacun prenait sa route ou son allée,
Piquait des deux, évitait la mêlée,
Tout en courant allait cinq ou six lieues,
Sans qu'un moment il retournât les yeux.
Courir ainsi n'est fuite simulée ;
Mais s'ils fuyaient dispersés par les bois,

Ce n'était point du tout poltronerie ;
Ils aimaient trop notre dame Marie ,
Et leur pays anarchique et sans lois ;
C'était plutôt amour de la patrie,
Pour d'autant mieux combattre une autrefois.
Hors du danger nos braves se trouvèrent
Près d'un gros bourg qu'aussi-tôt ils pillèrent.
Le maître était un seigneur de trente ans :
Je suis , dit-il, un zélé catholique ;
Eh pourquoi donc, ô Pulawsky l'inique !
Me traitez-vous comme les dissidens ?
Autour de lui sa femme et ses enfans,
Fondant en pleurs par des cris lamentables ,
Croyaient fléchir ces pillards implacables.
Mais Pulawski, dépité de l'affront
Dont le Drewitz faisait rougir son front ,
Pour consoler sa douleur trop amère ,
Aurait pillé son père et sa grand'mère ,
S'il les avait trouvés sur son chemin.
Que fais-tu là de cette jeune femme ?
Dit le guerrier au pauvre châtelain ;
J'ordonne et veux qu'aussi gentille dame
Vienne avec moi soulager mon chagrin.
A ces propos si durs qu'il vient d'entendre ,
Le châtelain s'apprête à se défendre ;
Les paysans att.... ....oldats.

B 2

Et les fuyards s'apprêtent aux combats.
Qui m'aidera pour chanter leur querelle,
Leur vive ardeur, la force de leurs bras?
Les coups tombaient aussi drus que la grêle,
Lorsqu'elle vient ravager les moissons,
Ou bien briser les vîtres des maisons ;
L'un tout en sang a démis sa mâchoire ;
L'autre la nuque, un autre plaint son dos ;
L'autre son œil, plusieurs dans la nuit noire
S'en vont conter leur déplorable histoire,
Tant la fureur acharnait ces héros.
Mais des fuyards le nombre enfin l'emporte,
On prend la belle, on l'enlève, on l'escorte ;
Son beau minois arrosé de ses pleurs
Eut adouci le tigre et la panthère.
Mais nos brigands, grossiers, brutaux sans mœurs,
Avaient le cœur plus dur qu'aucun corsaire,
Et Pulawsky, dans des monts à l'écart,
Va se cacher à l'abri du hasard.

    Mais vous, mon roi, pour qui chacun ferraille,
Que faites-vous mon benin Stanislas
Dans votre cour, loin de toute bataille ;
Adorez-vous quelques jeunes appas ?
Au bal, au jeu vous passez vos journées,
Laissant aller, tranquille dans ce lieu,
Le cours obscur des vagues destinées
Selon le gré de Drewitz et de Dieu.

CHANT III.

Qu'on est heureux quand on est raisonnable !
L'école dit que nous le sommes tous ;
L'école ment, et le fait véritable
Est que tout homme est plus ou bien moins fou.
Dans son chemin le lecteur favorable
Sans doute a vu nombre d'extravagans
De tout pays comme de tous les rangs,
Des éventés dont l'esprit faux et louche
N'ont de leurs jours fait sortir de leur bouche
Que sots discours, que plats galimathias,
Bons pour charmer les menains de Midas.
Si je fouillais dans plus d'un grand empire,
Quelle moisson au gré de la satyre
Un Arétin cueillerait sur mes pas !
Moi, qui des grands redoute et crains trop l'ire,
Je me retiens, et ne le dirai pas.
Si cependant il était des états
Que d'Hypocrate un apostat dirige
En reprimant un desir importun,
Entre les dents je crûrais au prodige,
Mais il vaut mieux qu'on ménage chacun.
Quand j'ai long-temps anatomisé l'homme,
Je dis souvent de Pékin jusqu'à Rome,

B 4

Le jugement n'est pas aussi commun
Que bien des gens font mine de le croire,
Vous l'avoûrez si lisez cette histoire.

Des Polonais il faut vous recorder,
De Pulawsky rappeller la mémoire,
Et des combats qu'il vient de hasarder.

Or, vous saurez qu'alors la renommée
Allait corner de climats en climats
Ce qu'elle sait et qu'elle ne sait pas,
De Pulawsky la burlesque aventure,
Par un canon mis en déconfiture,
Et Zaremba, tous les confédérés,
Qui sans raison couraient tous égarés.
Ce bruit s'accroît, chacun selon sa pente
En le contant l'exagère et l'augmente,
Et tant s'en dit, que, dans tout l'univers,
Chacun parlait, en prose comme en vers,
De l'action mémorable et brillante
De ce Drewitz qui passait toute attente,
Et l'on croyait, après un tel revers,
La république aux abois, expirante.

Cette rumeur se communique enfin
Jusqu'au palais qu'habite la Sottise ;
Ce palais est la catholique église,
Dont Pierre était le premier sacristain.
Là se trouvait l'absurde inconséquence,

La déraison avec l'incohérence ;
Les yeux bandés, on voit à son côté
La folle erreur et la crédulité,
Se nourrissant de mensonges, de fables,
Et haïssant tous les faits véritables.
Au milieu d'eux, mais proche d'un privé,
De la déesse est le trône élevé,
Son œil est roide et sa bouche est béante ;
En dandinant sans cesse sur la plante
De ses deux pieds, sa noble cour l'enchante ;
C'est elle qui des papes autrefois
Avait fondé la puissance et la gloire.
O Boniface ! ô superbe Grégoire !
Elle faisoit recevoir par les rois
Vos mandemens, vos insolentes bulles,
Dont se seraient torchés des rois Hérules (13).
　　En apprenant que les confédérés,
Ses chers enfans, de son sang engendrés,
Sont sans espoir, sans secours, sans asyle,
Son sang se glace, elle reste immobile ;
Soudainement reprenant ses esprits,
Elle éclata de ses revers aigris.
O chien Russien ! ô monstre ! ô crocodile !
Est-tu vainqueur ? O vengeance stérile !
Détruiras-tu mes Polonais chéris ?
Non, c'en est trop, que ma fureur éclate,

Non, mes enfans, cherchons un défenseur,
Au Nil, au Pont, aux rives de l'Euphrate.
Tout aussi-tôt pour dilater sa rate,
Elle rassemble une épaisse vapeur
Dans un brouillard puant, infect et sombre,
Et va s'asseoir au milieu de son ombre ;
Part promptement pour trouver le sénat
Des Polonais représentant l'état ;
Elle vogua tout droit vers la Hongrie,
Et descendit au château d'Éperie.
Là se trouvaient de bigots palatins
Et de prélats une auguste assemblée,
Qui déploraient leurs malheureux destins,
Et la patrie aux Russes immolée,
Et leurs autels et la religion.
Que deviendra l'église catholique,
Disaient les uns ? L'enfer en action
Veut opprimer par un bras schismatique
Son seul appui, la persécution.
Qui désormais adorant le ciboire
Viendra chez nous à la confession ?
A Nicolas le peuple fera gloire,
Et nos prélats, perdant le purgatoire,
O comble affreux de l'abomination !
N'auront donc plus de quoi manger ni boire.
 De ce discours pathétique et touchant

L'impression pénétra la Sottise.
Il faut, dit-elle, il nous faut sur le champ
Trouver quelqu'un qui défende l'église.
Adressons-nous au Turc, il est séant
D'unir pour vous la croix et le croissant :
Mahomet tient pour le christianisme,
Chacun le sait qui connaît l'alcoran,
Et Mustapha, ce généreux sultan,
Maudit le Russe et déteste le schisme ;
C'est à lui seul qu'il faut avoir recours,
Et le sultan donnera des secours.
A ce conseil les seigneurs applaudirent,
Sur cet objet les cœurs se réunirent ;
Mais les prélats tombèrent à genoux.
O tendre mère ! immortelle Sottise,
Dont le conseil prudent nous favorise,
Vous savez bien et que la Vierge et vous
Furent toujours adorés parmi nous
Comme les seuls suppôts de notre église,
Lui dirent-ils, et notre ame soumise,
Extasiée en des momens pareils,
De point en point va suivre vos conseils.
    Durait encor ce bienheureux syncope,
Que la Sottise à leurs yeux disparaît ;
Un gros nuage à l'instant l'enveloppe,
Et vous l'emporte aussi vîte qu'un trait :

Mais sa raison jusqu'au ciel exhalée
Ne quitta point cette auguste assemblée.

Ce Krasinsky, fameux chef de parti,
Fut député pour parler au muphti.
Dans le serrail la Sottise empressée
L'avait déjà par son vol devancée,
Et Mustapha, qui la connaît très-bien,
Réglait toujours son avis sur le sien.

Le Polonais débuta de la sorte :
O grand muphti ! notre muphti chrétien
A bien voulu m'envoyer vers la Porte
Pour implorer votre puissant soutien ;
Que deviendra celle qui fut pucelle
Avant, ainsi, qu'après l'enfantement.
Un Nicolas, ce saint de l'infidèle,
De ses autels veut chasser la donzelle
Pour s'y placer lui-même apparemment,
Et le Russien qui commence par elle
Voudra de même en l'empire Ottoman
Vous dénicher Mahomet de la Mecque,
S'il fait main basse assez brutalement
En nos etats sur maint honnête évêque.
A vous le tour, à vous incontinent,
Assistez donc, il en est temps encore,
Le saint des saints qui par moi vous implore,
Et que les chefs et votre heureux croissant

Flottant ensemble en ce grand armement,
En imprimant en tous lieux l'épouvante,
Rendent par vous l'église triomphante.

Tout le divan répondit gravement :
Que Mahomet, grand amateur de vierges,
Ne voudrait pas qu'on leur rognât des cierges,
Et que le pape, allié du muphti,
Guerroierait si bien que Krasinsky.

Soudain l'on arme, et la pesante enclume
Forge le fer qu'amolit le bitume.
On voit venir tous ces peuples divers,
Et de Memphis, et du fond de l'Asie,
Et ceux du Pont et ceux de l'Arabie,
Et ces archers à tirer tout experts ;
Ceux qu'un ciel chaud rendit noirs en Lybie,
En se voyant ils étaient ébahis.
Ce n'est le tout, et de divers repaires
Marchent encor bostangis, janissaires,
Avec le corps des diligens spahis.
Personne d'eux ne sait que pour l'église
Le coutelas de Mahomet s'aiguise ;
Ils marchent tous, ils vont avec plaisir
Pour occuper les bords du Borysthène.
Devant leur front marche le grand-visir ;
Vers le Niester ils arrivent sans peine.

Quand on le sut, tous les confédérés

Devinrent fous, chacun se pâmait d'aise
De voir par eux les bachas inspirés,
Et le croissant sur terre polonaise.
Le Pulawsky se croit déjà vainqueur,
Et de Drewitz prédisait le malheur.
Pour Stanislas, reclus dans Varsovie,
Il ne sait plus à quel saint se vouer,
Ni s'il est roi, ni comment dénouer
Ce nœud gordien formé par félonie.
A Catherine enfin il a recours,
Et ces héros qu'enfante la Russie
Rapidement volent à son secours.
Voyez comment d'une faible étincelle
Peut se former un grand embrasement.
O mes amis! craignez tous le faux zèle,
De tous les feux c'est le plus dévorant ;
Gardez-vous bien par trop de bienveillance
De modérer sa folle intolérance,
C'est un moyen très-sûr de l'exciter
Plus vivement à vous persécuter.
Si les dévots, si durs à Catherine,
Ainsi du nord vont traiter l'héroïne,
Que pourrait-il à vous bien arriver ?
   Mais elle sait comment on doit braver
Constantinople et la Pologne et Rome,
Et confondit leurs projets en grand homme.

Tout s'apprêtait alors aux vrais combats;
Ce n'étaient point ces frivoles bravades,
De Pulawsky les folles mascarades,
Mais des héros suivis de vrais soldats,
Et qui venaient dans ces nobles carrières
Y dispenser de leurs mains meurtrières
L'effroi, la peur, l'horreur et le trépas.
    Nos Polonais ne se joignirent pas
Aux Turcomans leurs alliés fidèles :
Videz, videz, disaient-ils, nos querelles,
Pour butiner nous suivrons tous vos pas.
En attendant, pour s'amuser sans doute,
Chacun allait, suivant une autre route,
En sûreté voler ce qu'il trouvait;
Chez l'ennemi mettait tout en déroute,
Et chez l'ami saccageait et pillait,
Si bien qu'en peu, rien à piller restait.
Et la Sottise au haut de l'hémisphère,
En apprenant quel est le savoir faire
Des Polonais que son cœur chérissait,
Leur souhaitant un sort toujours prospère,
Du haut des cieux encor les bénissait.
    Et moi, bavard de qui la goutte enchaîne
Tous les dix doigts, n'ai-je point à rougir
Des avortons de ma prodigue veine,
Quand la douleur m'en fait bien repentir,

Pour vous conter, ainsi que les gazettes,
En mauvais vers d'aussi folles sornettes ?
Mais finissons : pour vous entretenir ,
J'aurai demain de quoi vous réjouir.

CHANT IV.

CHANT IV.

Que la fortune est perfide et trompeuse !
Elle est coquette, elle est capricieuse.
Certes voilà qui n'est pas trop nouveau,
Qui ne le sait, car du cèdre au roseau,
Bonheur subit chance malencontreuse,
Fait de nos jours le bigarré tableau.
Laissons-la donc avec sa vieille roue
Vous exaucer les uns avec fracas,
Et par les tours sanglans qu'elle nous joue
Précipiter ceux qu'elle haît en bas.
Mais si d'un sot la bêtise l'amuse,
Si sa faveur l'éblouit et l'abuse,
Quelle leçon en retirer pour nous ?
Qu'un Polonais à l'ame vile et brute,
Accompagné d'un millier d'autres foux,
Bronchant par-tout, tombant de chûte en chûte,
Soit aux combats pusillanime et mou,
Et que manquant d'esprit et de prudence,
Il soit puni faute de prévoyance.
De pareils faits étant par trop communs,
A les ouïr deviennent importuns :
Qu'importe donc qu'un brigand de Sarmate
D'un vain succès pour un moment se flatte.

C

Mais mon lecteur croira, non sans raison,
A ce ton grave où mon style s'élève,
Que par l'effet d'une indigestion,
En cette nuit, un triste et fâcheux rêve
M'a mis en goût de lui faire un sermon.
Non, il se trompe en cette conjecture,
(Effet commun de l'art conjectural),
S'il juge ainsi de mon style inégal.
Voici l'aveu de la vérité pure :
Sans soins, sans peine et sans plan général,
Je laisse errer ma plume à l'aventure ;
Sans s'arrêter, en courant elle écrit,
Ce qu'au hasard enfante mon esprit.
    Venons au fait, reprenons notre tâche :
Le Pulawsky, guerrier si dur, si lâche,
Était flatté de ses derniers succès ;
Il retroussait sa crasseuse moustache,
Se rappellait ces paysans défaits,
Et la donzelle aux ravissans attraits
Qu'au châtelain sa violence arrache.
Mais dans les champs, les prés et les forêts,
Il n'était plus cheval, taureau ni vache ;
Les Towargis, ces héros polonais,
Avaient tous pris ce qui restait à prendre,
Et leur usage était de ne rien rendre.
On commençait à sentir les besoins ;

Car pour nourrir d'avides subalternes,
Rassasier Towargis et Pancernes,
C'était sans fruit qu'on employait ses soins.
Le Zaremba, las de courir la plaine,
Leur dit : Amis, il nous faut un domaine,
Un endroit fort où garder notre peau,
Où rassembler d'un vaste voisinage
Tout le butin qui nous tombe en partage,
Et cet endroit, soldats, est Czentocho.
Dans ce couvent notre mère pucelle,
En réduisant le Cosaque à zéro,
Saura fort bien nous défendre avec elle.

  Aussi-tôt dit, aussi-tôt l'on marcha ;
A leur rencontre arrivent de gros moines,
Dans le couvent la troupe se nicha,
Et but le vin que gardaient les chanoines.
  Mais quand le vin les eut tous abrutis,
De Pulawsky la gentille donzelle
En embrassant ces gros cuculatis,
Dans ce lieu saint alluma la querelle ;
Chacun voulait jouir de ses appas,
Chacun voulait la serrer en ses bras,
Et Pulawsky transporté de colère
Allait tirer son sabre sanguinaire ;
On allait voir tous ces crânes tondus,
Par un soudart brutal et téméraire,

Ensanglantés, balafrés et fendus.

O sainte vierge ! ô tendre et bonne mère,
Souffriras-tu qu'un lieu qui t'est voué,
Dont tu remplis l'auguste sanctuaire,
Soit en ce jour, au pied du baptistaire,
Par un ivrogne à tes yeux pollué ?

Ne craignez rien, c'est chose sans exemple
Que notre mère abandonne son temple.

Tandis qu'encor durait ce chamailli
Vient un valet encor tout ébahi :
Alarme, alarme, accourez tous Polaques,
Opposez-vous, criait-il, aux attaques ;
Voilà le Russe, il s'avance à grands pas ;
Ivres de vin, il pense vous surprendre :
Sur les remparts volez vaillans soldats,
Et songez bien sur-tout à vous défendre.

C'était Drewitz : toujours l'oreille au guet,
Il apprenait tout ce qui se passait :
Dans ce couvent, qu'on s'amusait à boire,
Qu'ardent, en rut, chacun s'y querellait :
Sûr de ces faits, il présageait sa gloire.

Dans un moment le fort est entouré,
Et par le Russe étroitement serré.
Transi de peur, on quitte la donzelle ;
Tout en tremblant le Towargis surpris
Va se blottir et chercher des abris.

Dans un recoin que fait la citadelle;
Tous leurs esprits effarés, étonnés,
Détestaient tant le Russe avec sa troupe,
Qu'aucun n'aurait montré le bout du nez
Sur le rempart, crainte qu'on le lui coupe.
· Devinez-vous ce que préméditait
Ce Russe fin qui si bien les guettait ?
Il veut la nuit leur donner une aubade,
Et s'emparer du fort par escalade.

Oh mère vierge ! en sera-t-il ainsi,
Et verra-t-on un peuple schismatique
Escalader votre sainte boutique,
Vous insulter et vous chasser d'ici ?

Vous allez voir comment la bonne dame
S'en va traiter ce schismatique infame.
Elle sait tout, car le père éternel
Le lui révèle; elle est reine du ciel.
Or, connaissant ce que Drewitz prépare
Avec autant de rage que de fiel,
La bonne dame à l'instant le rembarre.
Venez, venez, dit-elle, mon cher fils,
Et secourez nos guerriers déconfits :
Vous savez bien, mon fils, de votre père
Quel fut jadis l'honorable métier;
Qu'à Bethléem il était charpentier.
De ses outils assistez votre mère;

C 3

Servez-vous-en comme un digne héritier.
Jésus les prend ; sur le dos du messie
On voit flotter le rabot et la scie ;
Il était nuit ; ils traversent les airs.
Déjà Drewitz approchait de la place ;
Ils vont tous deux le prenant à revers,
De ses soldats suivant de près la trace ,
Le doux Jésus , sans qu'on s'en apperçût,
D'un tour de main vous scia les échelles,
Et si bien fit qu'en se servant d'icelles
Aucune allait à la moitié du but ;
Qui fut confus , ce fut Drewitz sans doute ;
En même-temps il part de la redoute
Un feu très-vif , et Drewitz disparut.

Mais quand les dieux pour leurs foyers combattent,
Qu'ils font briller dans leurs divines mains
Ces instrumens dont les coups nous abattent,
Que peut contre eux la valeur des humains ?

Le Pulawsky se bouffissait de gloire ;
Tout bonnement il croit que c'était lui
De Czentocho le vengeur et l'appui,
A qui l'on doit l'honneur de la victoire.

Mais les frappards et tous les encloîtrés,
Par le seigneur sur ces faits inspirés,
Surent bientôt en divulguer l'histoire.
Ce conte fit l'entretien des bigots,

Et chacun sut que pour son tabernable
La bonne vierge avait fait ce miracle.
Pulawsky même et sa troupe de sots
Se complaisaient à publier la chose :
Dieu nous soutient, nous défendons sa cause,
Se disaient-ils, nous battrons ces marauts (14).
La belle aussi, mais qui n'était pas vierge,
Que Pulawsky chérit si tendrement,
Pour la madone alla dévotement
A son honneur faire allumer un cierge ;
Elle sent bien que du violement
Sa main divine en ce jour l'a sauvée.

Tandis qu'ainsi leur troupe est abreuvée
De pure joie et de contentement,
Que nos guerriers, frappés d'un grand miracle,
S'imaginaient assez légèrement
Être montés tout au haut du pinacle
De la fortune, et que dans l'univers
Ils ne craignaient contre-temps ni revers.

Voilà-t-il pas arriver la nouvelle
Que du grand Turc le puissant armement,
Le grand-visir et toute sa sequelle,
Par Galitzin sont frottés bravement,
Que des Russiens la victoire est complette ?

Si je savais entonner la trompette,
Je chanterais en style harmonieux

C 4

Ce Galitzin du Turc victorieux ;
Mais je n'ai pas l'impudente arrogance
De moduler sur mon aigre sifflet
Le beau récit d'un aussi noble fait ;
Le ridicule est de ma compétence,
En ses vieux jours ma muse s'y complaît.

En notre Europe, en grande diligence,
Tout se redit, s'ébruite et se sait.
Ceux qui portés pour les succès du Russe
Le préféraient au peuple sans prépuce,
Applaudissaient que dans les champs de Mars,
Les ennemis, les destructeurs des arts,
Eussent reçu à Chozim leur salaire.

Ceux dont le cœur au Russe était contraire,
Tous consternés croyaient qu'orsénavant
On manquerait d'un égal équilibre
Pour maintenir indépendant et libre
Ce Mustapha potentat d'Orient,
Et ce serait un affront bien terrible,
Si le Russien, aux spahis invincible,
Allait chasser Mustapha du serrail,
Et lui ravir son bataillon de belles,
Aux yeux fendus, aux bouches de corrail,
De ses langueurs compagnes trop fidèles.

Voilà comment un esprit peu rangé
Juge et décide en tout par préjugé.

Dès qu'on apprit dans Rome catholique
Le triste sort qu'essuya le croissant,
Rezzonico, ce pape alors régnant,
Et du muphti zélateur fanatique,
En fut saisi d'une terreur panique,
Et telle enfin que si lors sur le champ
La foudre avait brûlé le Vatican.
Hélas ! hélas ! sort cruel, sort inique,
Ce mauvais coup est un tour diabolique,
Dit le saint père ; il faut incessamment
Faire exposer notre saint sacrement.
Le lendemain processions se firent ;
A mille autels grandes messes se dirent,
Et dans l'ardeur qui le peuple animait,
Il priait Dieu de bénir Mahomet ;
Pour le dervich s'intéressait l'évêque.
On confondait et la Vierge et la Mecque,
Et dans les murs de la sainte sion
Régnaient et pleurs et désolation.
Rome prétend que la douleur amère
Du contre-coup qui frappa le bateau
Mistérieux où jadis rama Pierre,
En épuisant les forces du saint père,
Vous le coucha tout pleurant au tombeau.

   Mais en Pologne, ô Dieu ! qu'on vit de larmes
Couler des yeux des bons confédérés.
Tout ébahis et les cœurs déchirés,

Leurs mains allaient laisser tomber leurs armes.
Se peut-il donc qu'on traite comme nous
L'amas nombreux d'un peuple formidable,
Se disaient-ils ? La peur les rendit fous.
Hélas ! jadis leur bras fut redoutable,
Quand ils venaient étriller nos aïeux ;
Mais quand le Turc nous devient secourable,
Le Russe ardent, et plus que lui fougueux,
L'a dissipé comme les grains de sable
Que pousse et chasse un vent impétueux.

Plus consternés on vit lors en Hongrie
Les palatins cachés dans Éperie.
Le Pulawsky, la Vierge et Czentocho,
Drewitz joué, traité comme un badeau,
Étaient, hélas ! rayés de leur mémoire ;
Car chez nous tous, c'est chose trop notoire,
Le bien passé le cède au mal présent,
Ni plus ni moins dans ce danger pressant
On consultait. Que reste-t-il à faire ?
Quel parti prendre ? On plaignait sa misère,
Mais aucun d'eux ne dit son sentiment.

Pour Stanislas, tranquille à Varsovie,
Tout doucement réfléchissait en soi,
Disait souvent, on se bat bien pour moi
Aux bords du Niester et dans la Moldavie ;
Ces bons Russiens pour moi donnent leur vie,
Ainsi je suis et je resterai roi.

CHANT V.

Au nom de roi, de potentat, de maître,
Chacun se dit : Ah ! que je voudrais l'être.
Ah ! pauvre sot, de ta grandeur frappé,
Si tu l'étais, tu viendrais à connaître
Combien l'erreur et l'éclat t'ont trompé.
Et que serait-ce un jour, si sur le trône
On surchargeait ton chef d'une couronne ?
En serais-tu plus gras et mieux nourri,
Plus grand buveur, plus vigoureux mari ?
En serais-tu plus sain pour ta personne ?
Ami, crois-moi, les hommes sont égaux :
Dans chaque état, par un juste mélange,
Chacun éprouve, et ce n'est point étrange,
L'alternative et des biens et des maux.
Qu'importe donc sous quel différent masque,
Sous la couronne, ou la mitre ou le casque,
Un sort cruel, inconstant et fantasque,
Change cent fois ses bienfaits en rigueurs;
C'est même joie, ou ce sont mêmes pleurs.
    Qui te connaît ? qui sait que tu respires ?
De ton état l'heureuse obscurité
Te dérobant à la malignité,
Ne permet pas qu'en vers on te déchire;

Mais pour les chefs d'un vaste et grand empire,
Ce sont de bons et de friands morceaux.
Tu vois sur eux fondre tous les corbeaux,
Tous les mandrins, barbouilleurs de satyre :
Un roi s'en fâche, et maudit ces marauts ;
Dans ta chaumière à table on t'en voit rire.

Tu peux savoir quels sont tes vrais amis,
Sans intérêt voisin, ou parent, t'aime ;
Mais pour un roi, c'est un obscur problème :
Il voit chez lui des courtisans soumis,
Dont le faux zèle et le soin l'importune,
Qui sans l'aimer adorent sa fortune.
Ces souverains enviés, critiqués,
N'ont jamais vus que visages masqués.
Vois-tu ce chêne élevé dans les nues,
Au front superbe, aux branches étendues,
Un vent l'abat et brise ses rameaux,
Tandis qu'aux bords des lacs et des ruisseaux
Des aquilons, les forces éperdues,
Ont respecté les fragiles roseaux.

Tel est le sort de la grandeur humaine.
N'entends donc plus la voix d'une syrène,
Qui, pour lutter contre un commun destin,
Veut t'éblouir par la pompe mondaine.
Sois comme Ulysse, et poursuis ton chemin.

Tout est égal, je le répète : envain

Si tu gémis quand la douleur te peine,
Également, la fièvre et la migraine
Font grelotter le corps d'un souverain.
S'il est goutteux, ses membres qu'elle enchaîne
Souffrent alors les tourmens et la gêne,
Que Phalaris, inventeur inhumain,
Fit éprouver dans son taureau d'airain.
L'âge pesant rend son ame engourdie ;
Et pour finir l'illustre comédie,
La parque arrive, et d'un coup de ciseau
Tout comme toi, me le flanque au tombeau.

Mais si tu crois que ce discours immole
Le vrai réel à la fausse hyperbole,
Vois, examine et fixe ici tes yeux
Sur Stanislas, pauvre roi de Pologne,
Chargé d'ennuis, accablé de besogne ;
Vois si ton cœur peut s'appeler heureux.
De ses foyers un assassin barbare
La nuit l'enlève, et par un bonheur rare
Il échappa de ses bras furieux.

Ah ! mon bon roi, moi-même je m'accuse ;
Je t'ai par fois traité trop durement :
J'en suis contrit ; mon impudente muse
Te déchira de son style mordant.

Oui, j'en ressens componction très-grande ;
Je veux partir, je veux incessamment

A Czentocho faire honorable amende.
Il ne faut point dans de frivoles jeux
En folâtrant frapper des malheureux.

Mais ce bon roi sur le trône peu ferme
De ses malheurs n'a point atteint le terme.

Le fait est clair, car tous ces grands magnats,
Ce vil conseil, composé de Midas,
N'ont d'autre but au château d'Épérie
Que d'embrouiller et troubler leur patrie ;
Mais ils n'étaient pas exempts d'embarras.
Le désarroi du Turc en Moldalvie,
Sa fuite enfin, sa longue léthargie,
En les privant du plus ferme soutien,
Les laissait là ne tenant plus à rien.

S'élève alors monsieur de Cracovie,
Pontife ardent, mais plein de prudhommie,
Comme en sursaut sortant d'un long sommeil,
Il parle ainsi : « Pour le bien de l'église,
» Voyez de quoi ma bonne ame s'avise,
» Sur tous les points suivez donc mon conseil.
» Dans vos malheurs la ferveur est de mise,
» Invoquons tous notre divinité,
» Et qu'on implore à grands cris la Sottise ;
» De son palais entendant nos clameurs,
» Elle viendra pour essuyer nos pleurs ».
Tout aussi-tôt un chacun à sa guise,

Et de prier et de se prosterner,
Et tant on fit que, non sans s'étonner,
Elle apparut, vint par un vent de bise,
Et lourdement se place au milieu d'eux.
Que vois-je ici ? Dieux ! quelle est ma surprise !
S'écria-t-elle. O Polonais fameux !
Pourquoi vous vois-je et craintifs et peureux ?
Je veux qu'enfin le sort vous favorise,
Qu'à votre tête un guerrier valeureux
Écrase ici ces Russes orgueilleux ;
J'ai des dévots, j'ai ce fameux Soubise,
Et cent héros adorés des Français,
Si renommés par tant de nobles traits ;
Rosbach, Créwelt font retentir leur gloire,
Et Felighans, et Minden, et cent lieux
Sont les témoins qui fondent leur mémoire,
Dont le renom s'élève jusqu'aux cieux.
    Que dit-on là ? quel affront ! quelle injure !
Dit Pulawsky. Mais Zaremba murmure,
Gronde tout bas, marmotte entre ses dents :
« Ces chiens Français sont de maudites gens ».
    Lors Oginsky, qui, de loin tout écoute,
S'écrie en feu : « Saint Roch ! quoi qu'il m'en coûte,
» Je ne veux pas que les Français céans
» Triomphent seuls de ces gueux dissidens,
» Et de ce roi que nous donne le Russe »,

Le fier orgueil, la colère et l'astuce
Couvrent son front d'une noble rougeur.

   Mais la Sottise encore un brin émue,
Car ces brutaux l'avaient interrompue,
Reprit ainsi, d'un ton de dictateur,
Son beau discours tout rempli de chaleur,
Et dans un goût vraiment académique :

   « O Polonais ! ô race catholique !
» Se pourrait-il que jamais de vos jours
» Vous n'ayez lu le bon père Bouhours ?
» Oui, ce Bouhours, c'était un grand oracle.
» Il dit très-bien que c'est un grand miracle,
» Qui même encor jamais ne réussit,
» Si hors des lieux que renferme la France
» Un pauvre humain peut avoir de l'esprit :
» Paris en est le magasin immense ;
» Cherchons-y donc l'esprit et des héros,
» Dont nous manquons pour redresser nos maux.
Elle se tut. On se chamaille encore.
Ce premier feu doucement s'évapore,
Et comme on voit s'éclaircir l'horison
Lorsqu'un brouillard s'affaisse après l'aurore,
De même d'eux triompha la raison.
Nos palatins remplis de déférence
Sont tous d'accord. Willorsky pour la France
Part, pour trouver le phénix des guerriers.

                        Choiseul

Choiseul régnait ; avide de lauriers,
Il en cueillit dans Avignon, en Corse ;
Tout plein d'esprit, intrigant avec force,
Pour tracasser il n'était des derniers.

Ah ! Willorsky, dit-il, quelle insolence,
Qu'un Galitzin sans m'en parler d'avance,
Sans en avoir de moi permission,
Batte le Turc, mette en confusion
Nos alliés, le visir et sa troupe,
Et vous les frotte en face comme en croupe !

J'ai résolu, pour en tirer raison,
De vous donner Vioménil le baron :
Cet étrilleur étrillera le Russe,
Et rabattra cet orgueil, cette astuce,
Dont me choqua ce peuple fanfaron.

Ajoutez donc, seigneur, je vous conjure,
De bons louis en nombreuse mesure,
Dit Willorsky, pour combler vos bienfaits ;
Car pauvres sont nos héros polonais.

Oui, dit Choiseul, qu'on paie ce Polaque,
Brouillons le monde, et que tout se détraque,
Plus brillera Choiseul et ses Français.

Vioménil part, ses égrefins le suivent,
Et des badauts les bataillons arrivent.
Peuple insensé, qui, sans savoir pourquoi,
Veut à Landskron combattre pour son roi !

                                    D

En attendant, dans la Lithuanie
Oginsky veut prévenir les Français ;
Et de la fleur de tous les Polonais
Il y rassemble une troupe choisie.

Il parle ainsi : Mes vœux sont exaucés,
Sur Oginsky tous les yeux sont fixés,
J'occupe seul la prompte renommée ;
Des vieux héros, par mes faits éclipsés,
Les noms vantés s'en iront en fumée.

Lui, Pulawsky, le brave Zaremba,
Pour buveur d'eau qui jamais ne passa,
S'en vont chercher de grandes aventures,
Dangers nouveaux, combats, coups et blessures,
Vrais chevaliers, don Quichottes errans,
Ils prennent tous des chemins différens.
Pulawsky veut surprendre Cracovie ;
Il va gaîment de sa troupe suivi.
Le Russe était le maître en cet endroit
(On ne fait pas toujours ce qu'on voudroit) ;
En s'approchant le feu part de la place.
Confédérés, c'est fait de votre audace,
A demi-morts vous fuyez de ce lieu.

Leur conducteur déclamait d'un ton grave
En se sauvant. Le Polonais est brave,
Quand l'ennemi sur lui ne fait point feu ;
Mais quand il tire, ah ! sacré-jour-de-Dieu,

Le sifflement si discordant des balles,
Des gros boulets les masses infernales,
Brutalement ont dérangé mon jeu.

Un plus grand mal dans sa mésaventure
C'est qu'il perdit le sacré goupillon,
Cet étendart, ce vrai palladium.
Oh, quel présage ! oh, quel funeste augure !
Le schismatique en est maître en ce jour !
On en fera trophée à Pétersbourg.
Le Pulawsky, après sa fuite prompte,
En maudissant Mars, le Russe et l'amour,
Dans quelque bois s'en va cacher sa honte.

Mais Oginsky, qui n'en tint aucun compte,
Se mit aux champs. Non loin de cet endroit
Où gît sa troupe, une forte escouade
De preux Russiens en ce moment passait,
Et d'Oginsky pas un mot ne savait.
Tout aussi-tôt il leur donne une aubade ;
Il les surprend par un de ces hasards,
Auteurs obscurs d'un bonheur si bizarre.

Sitôt qu'il vit ses ennemis épars,
En admirant une action si rare,
Tout humblement l'animal se compare,
Sans en rougir, au premier des Césars.

Mais à Grodno, Suwarow plein de rage
Se préparait à bien venger l'outrage

D 2

De ses guerriers trop promptement surpris.
Oginsky lui donna cet avantage.
Tout vain encor, de ses succès épris,
Pour les Russiens n'ayant que du mépris,
Il va fourrer sa troupe en un village,
Où tout pilla, s'enivra, viola.
Personne aux champs ne criait qui va là ?
Quand la nuit vint tout dormit en silence,
Sans garde enfin, sans nulle vigilance.
Le Suwarow avait tout projetté,
Et dans l'horreur de cette obscurité,
De ce village il force les barrières.
Dieu, quel réveil pour les confédérés !
Qui tous confus, de la veille enivrés,
A peine avaient entr'ouvert les paupières,
Qu'on les échine à grands coups d'étrivières.
En un moment on prit tous ces pendarts ;
Un seul s'échappe en ce danger extrême,
Ce fut.... et qui ?.... le premier des Césars.
Tout en fuyant consterné, le teint blême,
Entrelardant la plainte et le blasphême,
Et maudissant la Vierge et les hasards,
Il se disait tristement en lui-même :
C'est donc ainsi que j'ai su prévenir
Ces chiens Français qui bientôt vont venir !
On m'aurait pris comme on prend une poule,

Si je n'avais de vigoureux éprons.
La république enfin tombe et s'écroule,
Pourrai-je, hélas ! survivre à tant d'effronts,
  Et cependant le Russe en Moldavie
Frottait aussi les Ottomans alors.
Deux fois sur eux sa main appésantie
Leur fit sentir sa valeur, sa furie,
Et du Danube ils repassent les bords.
Que de revers pour de si grands efforts !
Brave Oginsky, consolez-vous du vôtre ;
Car un malheur ne vient jamais sans l'autre (*).

(*) Il est probable que notre illustre auteur avait envie
d'ajouter un sixième chant à ce poëme, car il nous a paru
qu'il ne finissait pas : nous le donnons absolument conforme
au manuscrit, sans nous permettre d'ajouter, de retrancher
et même de corriger.

D 3

NOTES.

CHANT PREMIER.

Nº. 1. Auguste III, roi de Pologne, électeur de Saxe, dont le plus grand mérite est d'avoir été frère du maréchal de Saxe. Pendant la guerre de sept ans, Frédéric lui enleva une partie de ses états héréditaires, et le força de se retirer au fond de la Pologne.

L'orgueil effréné du comte de Brhul, ministre d'Auguste, alluma cette guerre qui causa tant de maux à la Saxe. Le roi de Prusse, qu'on n'appelait, à la cour de Dresde, que le marquis de Brandebourg, montra à ses ennemis qu'il avait une tête assez forte pour soutenir le poids de sa couronne, et que son épée pouvait lui en procurer une seconde.

Auguste par ses prodigalités, par un luxe inconnu à ses prédécesseurs, plongea la Saxe dans un abime de dettes, et tarit la source de ses finances. On montre encore aujourd'hui à Dresde toutes les pierreries et autres objets de luxe qu'il amassa des quatre parties du monde.

Si Frédéric-le-Grand ressuscitait, il verrait aujourd'hui un comte de Brhul, fils du ministre son persécuteur, appelé à la cour de Berlin pour élever son petit-neveu. Ainsi va le monde. *Multa renascentur quæ jam cecidere....*

N°. 2. Les annales de tous les peuples sont pleines des maux enfantés par le régime sacerdotal, ou par le fanatisme religieux, le plus dangereux de tous. Il est étonnant que les souverains aient souffert si long-temps qu'une classe d'hommes avilis ou dégradés par des vices qui outragent la nature, et contraires aux fins du créateur, promulguât des loix propres à renverser l'ordre et la discipline de leur état; formât au sein de leur royaume un corps à part, toujours luttant contre l'autorité de ses princes légitimes; substituât à la morale la plus saine, des dogmes monstrueux fomentés par la plus crédule ignorance ou par la plus barbare superstition; égorgeât, au nom d'un Dieu de paix, des hommes qui étaient ses frères, et couronnât tant de forfaits, en allumant aux quatre coins de l'univers des bûchers, pour immoler ceux qui n'étaient pas de son avis, ou qui entreprenaient de démasquer ses vices.

Voyez, entr'autres ouvrages sortis de la plume des moines fanatiques, les constitutions des jésuites, si justement poursuivis par toute l'Europe.

N°. 3. Malagrida est un des trois jésuites qui expièrent sur un échafaud l'assassinat du roi de Portugal.

D 4

Une bulle de Rome pourra bien un jour le placer en paradis ; voilà pourquoi notre illustre auteur ne balance pas à lui donner d'avance le nom de saint.

L'histoire de Thomas Becker, archevêque de Cantorbéry, est connue de tout le monde : c'était un intrigant et un factieux qui troubla long-temps l'Angleterre. Le roi fut obligé d'implorer le secours d'un de ses sujets pour en délivrer son royaume : je ne veux point justifier ici son assassinat ; mais dans ces siècles d'ignorance, le prince qui expia depuis sa mort sous la cendre et le cilice, eut-il pu l'égorger juridiquement par le glaive des loix ? Ce prêtre cabaleur et fanatique est aujourd'hui honoré comme un saint.

Quelques siècles auparavant, le fils infortuné de Charlemagne ne fut-il point dépouillé de tous ses droits par une assemblée de factieux, dont la plupart étaient évêques, et qui s'appelant alors modestement serviteurs des serviteurs de Jésus-Christ, étaient réellement plus puissans que ceux qui se sont appelés depuis princes, ducs ou comtes.

N°. 4. Il paraît par cette peinture simple, qui sans doute est tracée d'après nature (car l'auteur a dû avoir des mémoires fidèles), que les évêques de Pologne ont quelques traits de ressemblance avec ceux d'un autre royaume que nous connaissons bien. La charité chrétienne nous porte à les excuser...... Comme les juifs qui ont immolé notre

divin législateur, ils ne savent souvent ce qu'ils font....
ou plutôt ils ne font rien, pas même leurs mandemens.

N°. 5. Les cabales des prêtres, pendant la ligue, sont
consignées dans nos archives et dans celles de tous les
peuples du XVII° siècle ; jamais la guerre sacrée des Grecs et
des Romains n'enfanta les crimes, dont une portion de la
France fut complice dans ces temps de calamités. Henri, le
bon Henri, ce père du peuple français, et dont nous re-
trouvons aujourd'hui les vertus dans un de ses descendans,
ne fut-il pas obligé de céder alors à ses sujets, aveuglés
par le fanatisme, et conduits par des bourreaux crossés et
mitrés..... Ne leur prouva-t-il point, comme il l'avait dit
quelquefois très-agréablement, que *Paris valait bien une
messe.*

N°. 6. L'auteur de la philosophie de la nature a fait le
calcul de tous les hommes égorgés dans les deux mondes
par le fanatisme sacerdotal. Ce chapitre n'est pas le moins
éloquent de cet ouvrage, qui a manqué de conduire son auteur
au bûcher, allumé, quelques années auparavant, pour l'infortuné chevalier de la Bare, dont la noblesse de Paris demande
la réhabilitation dans ses cahiers.

N°. 7. La confession auriculaire a seule enfanté la plus

grande partie des maux qui ont affligé les deux hémisphères
C'était le confesseur de Philippe II qui signait la liste des
proscrits, ou qui approuvait les tragédies sanglantes dont la
Flandre et les Pays-Bas furent le théatre ; c'est le confesseur
de Charles IX et de son abominable mère qui décida la
Saint-Barthelemi ; c'est le confesseur de Louis XIV et de
Madame de Maintenon qui prépara la révocation de l'édit
de Nantes. . . . . De nos jours les billets de confession ont
allumé la guerre sacerdotale, qui éleva une barrière entre
Louis-le-Bien-Aimé et les peuples qui l'adoraient. . . . C'est
dans le tribunal de la pénitence que le jésuite Girard trama
l'infame prostitution dont toute l'Europe a été révoltée....
Je m'arrête . . . . Félicitons-nous de voir un nouvel ordre de
choses, et la philosophie assise aux pieds du trône pour en
écarter l'intrigue et le fanatisme.

N°. 8. Il n'a pas tenu à la cour de Rome qu'il n'y eût
une procession pour célébrer l'anniversaire de la Saint-Barthelemi. Un cuistre en petit collet a bien osé faire, plus
d'un siécle après, l'apologie de cette horrible nuit qui plongea toute la France dans le deuil, tant il est vrai que les
prêtres ne veulent jamais avoir tort, encore moins revenir
sur leurs pas.

Un chanoine ignorant et fanatique, et de plus archidiacre
et grand-vicaire d'un évêque de France, censeur, on ne sait

pourquoi, d'une affiche de Picardie, n'a point permis qu'on fît l'éloge du prince bienfaisant qui nous gouverne aujourd'hui, en annonçant à toute la province que ce monarque, qui mérite à tant de titres d'être regardé comme le père de ses sujets, venait de rendre la vie civile à un infortuné qui, par vingt-deux ans d'exil et de malheurs, avait expié une erreur de sa première jeunesse.... *Ignoscenda quidem scirent si ignoscere manes .....* La notice qui a été envoyée sur cet objet à l'Imprimeur, portait la signature d'un homme de lettres, qui a respecté dans tous ses écrits la religion et le gouvernement.... Non-seulement elle n'a pas été imprimée, mais on a refusé de la lui rendre, l'imprimeur a dit qu'elle était perdue.

CHANT II.

N°. 9. Les prêtres se croient médiateurs entre nous et le ciel ; pour donner plus de poids à leurs décisions, ils crient que tout est perdu, quand on ne se range point de leur avis. C'est leur mot de ralliement ; au lieu de nous peindre ce créateur avec le caractère de bienfaisance et de bonté qui annonce un père qui a tout fait pour ses enfans, ils dénaturent sa divine essence, en le chargeant de tous leurs vices.... Ainsi les païens croyaient pallier leurs vices en créant un Jupiter adultère, un Mercure voleur, une

Vénus impudique . . . . Aussi Piron répondit-il à un évêque qui lui disait que Dieu avait créé l'homme à son image, *il le lui a bien rendu , monseigneur.*

N°. 10. Voyez la vie de J. Sobieski , par l'abbé Coyer.

N°. 11. Ainsi les prédicateurs de la ligue encourageaient les Français au régicide, en leur citant l'exemple de Samuel immolant le roi Agag , ... l'histoire plus scandaleuse encore de Judith , et tant d'autres qu'il serait trop long de détailler. . . . Ils leur donnaient d'avance l'absolution d'un crime qu'ils leur offraient comme un œuvre méritoire.... Jacques Clément avait communié le jour qu'il assassina Henri III.

N°. 12. Les assemblées des grands ressemblent souvent au conseil des rats ; tout le monde parle. . . parle. . . parle. . . mais quand il faut attacher le grelot on n'ose se montrer.

CHANT III.

N°. 13. Nous ne ferons point ici la nomenclature des arrêts stupides et fanatiques de la cour de Rome, connus sous le nom de *bulles*, presque tous dirigés contre des souverains dont les aïeux avaient enrichis les papes.

Une des plus célèbres, celle qui commence par ces mots *in cenâ domini*, était fulminée tous les ans par les papes, à l'absoute du jeudi-saint.

Les historiens modernes, sans en excepter ceux d'Italie, nous ont transmis les vexations èxercées sur les peuples pour la leur faire recevoir.

Le pape Ganganelli, ce prince vraiment éclairé, ce père de tous les hommes par ses vertus, ne publia point ce libelle abominable le jeudi-saint de l'année 1770. Son successeur a marché sur ses traces.

La bulle *unigenitus* n'est plus connue aujourd'hui en France que par le ridicule qu'on a versé sur les deux partis qui voulaient, ou la recevoir ou la rejetter.

CHANT IV.

N°. 14. Les dévots voient tout ce qui leur est personnel en beau; ils ne manquent jamais de publier des miracles en leur faveur, soit pour se rendre célèbres, soit pour cacher leur honte.

Mahomet, humilié de se trouver incorporé dans la confrairie nombreuse dont le catalogue amusa si fort les Parisiens, il y a huit jours, fit descendre du ciel un chapitre de l'alcoran pour annoncer que c'était un nouveau fleuron qu'on venait d'ajouter à sa couronne.

Ainsi va le monde, la moitié se moque de l'autre moitié.